くうちゃん

なかち ゆみこ

文芸社

まえがき

「くうちゃん」。それは、「邦枝《くにえ》」という名前の、亡き叔母の愛称だった。その呼び方には、ごく普通に誰もが同調できるだろう。馴染みのよさと愛嬌も備わった、かわいらしくも、ごくありふれた愛称ともいえる。

叔母を知るほとんどの人は、「邦枝」という名前ではなく、当たり前のように、「くうちゃん」と呼んでくれた。

理由は簡単だ。叔母自身が、そう呼ばれることを望んでいたからだ。私は、くうちゃんが、自分の愛称にこだわるわけをこれから語っていこうと思う。

当然、私にとってもその呼び名が叔母の代名詞だ。もはや、「くうちゃん」という語感でしか、しっくりこないのだ。

こんな私の勝手な理由で、これから始まるお話も、「くうちゃん」という愛称で語らせていただきたい。

*

本来ならくうちゃんは、そのかわいらしい愛称で呼ばれながら、家族とともに平穏無事の人生を送っていたはずだった。

しかし、最愛の存在である母親が病《やまい》により命を奪われた。それを端に、まだ年端もいかぬ子どもであったくうちゃんは、多くの苦難と悲しみを一身に背負うことになってしまった。

くうちゃんは精神を削りながらも、自分の置かれた境遇から目を逸らすことはなかった。真正面から現実を受け止め、心を尽くした。

くうちゃんの姪である私は、このエッセイを書くにあたり、まずは彼女の切なく辛い生い立ちを語らなければならない。そこを避けては、くうちゃんの生きた証《あかし》を語れないからだ。

くうちゃんの深き慈悲の心と、許しの精神。それは、子ども時代の壮絶な体験こそが原点であり、すべての優しさの源となっているのに違いないから。

バラの花が大好きだったくうちゃん

目次

※プライバシーに配慮して登場人物の名前を一部仮名にしています。

一　別れ

くうちゃんが、私の家に身を寄せてから数年経った時のことである。

「これ、あたしの子どもの頃」

くうちゃんはそう言って、お守り袋の中から私に一枚の写真を差し出した。

それは、〝セピア色〟というほどではないが、レトロ感を醸し出したポートレートであった。

「あら、ポッチャリしてかわいい顔」

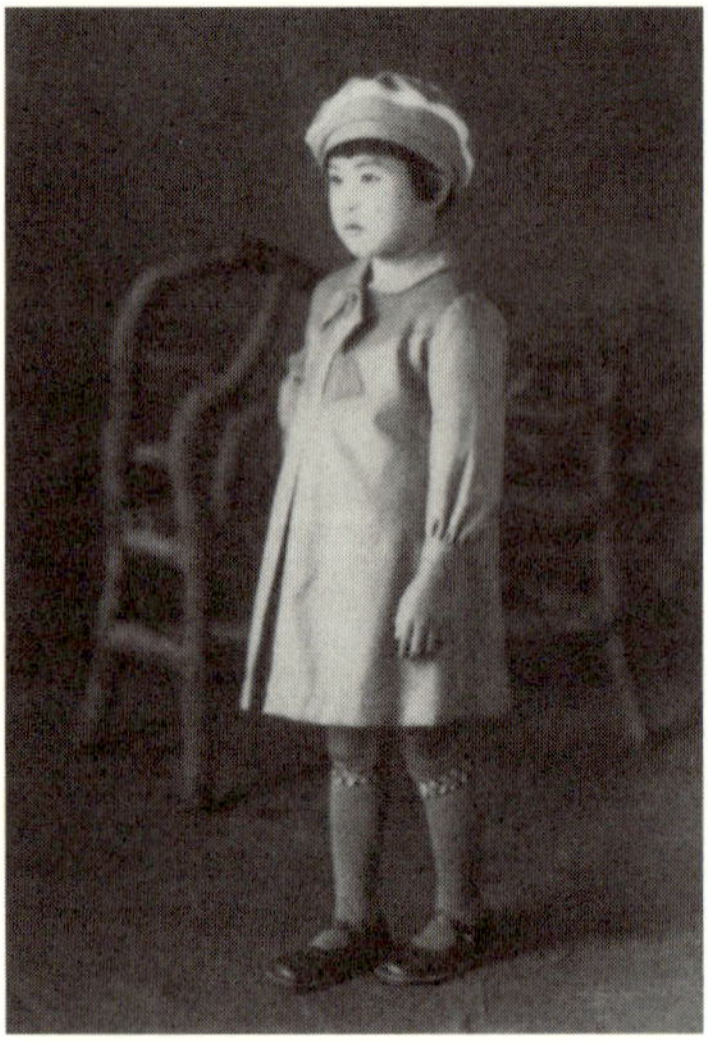

くうちゃん３歳の頃のポートレート

「フフッ、そおお？」

くうちゃんは、肩をすくめて嬉しそうに笑う。

「写真館で撮ったの？　ちゃんとポーズとって写っているもの」

「うん、そうなの。この時、あたし三歳だったのよ」

「それじゃあ、きっと七五三の時ね」

「それでね、これ、よく撮れたからって、写真館のウインドーに展示されたのよお」

「へえー、すごーい。くうちゃん、かわいかったからよ」

「でもあたし、少し恥ずかしかった。だって、ご近所の人から『くうちゃん、写真見たよ』って、ずーっと言われちゃって」


その記念写真を撮った七年後の一九三六年（昭和十一年）、十歳を迎えたばかりのくうちゃんを突然の不幸が襲った。

幸福であったはずの家庭が脆《もろ》くも崩れてしまったのだ。家族に常に深い愛情を注ぎ、その世話を担っていた母親が、肺結核を患った。当時としては深刻な病だ。

翌年の秋、夫や子どもたちの必死の祈りも虚しく、三十七歳でその命の炎はあっけなくも消えてしまったのだ。まだ育ちざかりの子どもたちを残し、母親もさぞかし無念だっただろう。

落胆と失意の日々の中でも、くうちゃんは悲しんでばかりはいられなかった。

「おねえちゃん、おねえちゃぁん」

まだ四歳の妹・富子ちゃんが、泣きべそ顔でくうちゃんにまとわりつく。

「富子ちゃんったら、だめよ。あたしは学校に行かなくちゃ。いい子だから、お兄ちゃんのそばにいてあげてね。一緒に待っていて」

くうちゃんは、そう妹に言い聞かせた。それでもなお富子ちゃんは、くうちゃんのスカートをつかんで放さなかった。

小さな手を振り切り、くうちゃんは玄関から駆け出す。後ろを振り返らないよう、必死に耐えていたという。

　そんな辛い朝が、何日か続いたある日。富子ちゃんの泣きじゃくる不憫さに、とうとう打ち勝つことができなかった。くうちゃんは、妹をつれて登校したのだった。

　二人して、校庭の片隅にある小さな砂場に入ると、くうちゃんは妹の両手を握って言った。

「あたしが戻ってくるまで、ここで遊んで待ってるのよ」

「……うん」

　それからくうちゃんは、授業の休み時間ごとに砂場へと様子を見に行った。姉を見つけた富子ちゃんは、砂遊びの手を止めてほっとした表情を見せながら、くうちゃんの元へと駆け寄ってきたという。

「う……う……」

くうちゃんの表情が、苦しそうに歪んだ。それは、思わず漏れた嗚咽だった。くうちゃんが泣いている姿を初めて見た。私は、もっと富子ちゃんのことを知りたいと思った。でも、くうちゃんの嘆く様子を目の当たりにし、それ以上は聞けなかったのだ。

その日を境に、くうちゃんも私も、富子ちゃんのことを口にすることはなかった。

のちに私は、この本を執筆するに当たり手にした謄本で知ったのだが、妹の富子ちゃんは、幼いまま命を落としていた。この世に生を受けて、わずか七年間の短い生涯であった。当時、小学生だったくうちゃんは妹の面倒を満足に見てあげることができなかった。そのことに責任を感じているのだろう。くうちゃんの深い悲しみを思うと、私は今でも胸が締めつけられる。

富子ちゃんが亡くなってから八年、くうちゃんの心の痛みは続いていた。

くうちゃんは学校に通いながら、三歳年下の弟・達夫ちゃんの看病をしていたのだ。達夫ちゃんは、幼い頃より病弱であった。

くうちゃんには姉がいたが、旧制師範学校の寄宿舎住まいだった。父親は定時には帰宅するものの、弟の世話や家事は、くうちゃんの役割だったのだ。

彼女の悲しみや不安の渦は、まだ止《や》むことはなかった。

「どうしたの……　苦しいの？　達夫ちゃん」

長く臥せっていた弟が、背中を小さく丸めて咳き込んでいる。その日は、いつもより長く続き、息苦しそうに体を捩《よじ》っていた。くうちゃんはすぐ目の前に起きている現実に、自分の判断だけで対処しなければならなかった。

「あたし、どうしたらいいの？　お母さん、助けて……」

くうちゃんは居ても立ってもいられず、母の遺影に手を合わせ、泣いてすがっ

鉄道会社に勤めていた頃（左端）

た。心細くて、怖くて、体が震えたという。

弟の枕と敷布は、吐血であろうか、真っ赤に染まっていた。

「達夫ちゃん、達夫ちゃん、達夫ちゃん！」

達夫ちゃんは一度、くうちゃんに目をやると、力なく布団に沈んだ。そして赤く染まった枕を見つめたまま、動かなくなった。一九四七年、十八歳の若さだった。

あまりに過酷な現実だった。くうちゃんは大泣きしながら、ただひたすらに、父親の仕事場へと走りに走った。当時はそれしか、伝える手段がなかったのだ。

くうちゃんは、達夫ちゃんの死から悲しみと空虚感に沈む苦悩の日々を送っていた。

「いつまでもふさぎ込んでばかりじゃだめ」。そう強く自分に言い聞かせ、辛い体験を胸の奥底に押し込め、鉄道会社の事務員として働いた。高校卒業後の数年間、達夫ちゃんの看病に身を投じてきたくうちゃんは就職を諦めていたが、こうして、外で仕事をすることになったのである。

しかし、勤めが終わり家に帰ると、言いようのない寂しさが、彼女を苦しめた。必死の思いで弟を看取った日、嘆きの表情で息絶えてしまった達夫ちゃんを思い出してしまう。くうちゃんは、何日も何日も、ずっとその悲しみから抜け出せなかったのだった。

悲しみの連鎖に翻弄されていた実家での生活。それは、くうちゃんの心の傷を深めるばかりだった。

二　新天地

そんな中、くうちゃんは鉄道会社の先輩から、住み込みでの家事手伝い募集の話を知った。心機一転、彼女は鉄道の仕事を辞め、未知の世界に飛び込むことを決心した。

それが新たな分岐点となり、くうちゃんに未来が広がっていったのだ。

なによりも、くうちゃんの生き甲斐となったのは、その根岸家での生活だった。当時、幼かった長女の智子さん、まだ乳飲み子だった次女の正子さんとの暮らし。くうちゃんはその新たな居場所で、過去の記憶を断ち切り、自らの生きる希望を見いだすことができたのだった。

歳月が、すべての人々の時を乗せて移ろいゆく。根岸家にも、さまざまな喜びが訪れた。

なんと言っても、第一は娘さんたちの健やかな成長だった。両親の深い愛情に包まれて、彼女たちは恵まれた環境で大きくなっていった。

季節の節目には家族での行楽、夏休みには揃って海水浴に出かけた。その傍らには、いつもくうちゃんの寄り添う姿があった。

くうちゃんは長きにわたり、すぐ手の届くところから、時には距離を置いて、子どもたちを見守ってきたのだ。のちに、私が目にすることになった数々の写真は、それを物語っている。

やがて、二人の娘さんたちは結婚し、

家族で出かけた海水浴

それと同時に独立していった。長女の智子さんは伴侶とともに、海外の地で新たな生活を始めた。そして妹の正子さんも、ご実家からほど近い郊外で新しい家庭を築いていた。

こうした中、根岸家の大黒柱だったご主人が、家族の必死な看病も報われることなく、帰らぬ人となってしまった。

それを機に、くうちゃんの生活の場も変わることになる。夫を亡くした奥様だけではなく、くうちゃんも一緒に、次女の正子さんの家庭に入り、ともに暮らすことになったという。

夫と長男と三人住まいだった正子さんは、実の母、そしてくうちゃんが加わり、五人での暮らしになった。正子さんご家族の心の広さに、すっかり甘えての同居だった。なぜなら、くうちゃんは極端に一人暮らしを恐れていたからだった。

やはり過去の辛い体験が根深いトラウマとなり、くうちゃんの記憶から拭いきれなかったのかもしれない。

私は当時、くうちゃんの状況について、彼女の姉である母から大旨《おおむね》は聞いていた。でも正直、その頃の私は、自分の家庭のことで精いっぱいで、まるで他人事《ひとごと》のようにしか考えられなかったのだった。

本来ならこの時点で、親戚である私が率先して正子さんと連絡を取り、くうちゃんの今後のことを話し合うべきだった。私の思いが定まらず、言い出す勇気がなかった。

心のどこかで、「申し訳ない……負担をかけてしまうこともあるだろう」と気になりつつも、私はそこから、目をそむけていたのだ。そんな混沌とした気持ちを引きずりながらも、ただ年月だけが過ぎ去っていった。

一九九九年（平成十一年）の春。

変わりゆく時代は、西暦二〇〇〇年を間近に迎えようとしていた。マスメディアでは盛んに「ミレニアム」という言葉が躍り始めた頃だった。

くうちゃんは七十三歳になっていた。彼女はひとまず、千葉県に住む実の姉、つまり私の両親の元へ身を寄せることになった。

しかしそれが現実となると、父と母、そしてくうちゃんの老人三人暮らしというのは、健康面や安全面において多くの不安を伴った。母はくうちゃんの四歳年上であり、父は八十歳を超えていた。いずれさまざまな問題が生じることは、火を見るより明らかだった。

私は、切実な事態になる前にと、すでに我が家に迎え入れる決断をしていた。

その年の秋、くうちゃんは私の家族の一員として、群馬県へと移り住むことになった。またもや、くうちゃんに新天地が現れた。くうちゃんはここ、群馬で再スタートとなった。


「由美ちゃん、コーヒー飲む?」

我が家にたどり着いたくうちゃんが、最初に発した言葉だった。私はくうちゃんをつれて、私の両親の家から、電車を乗り継いで帰ってきた。

「うん、でもさ、くうちゃん疲れているでしょう？　今日は私がするから、そこに座ってていいよ」

私は居間のソファーに荷物を置きながら、そう促した。

それでもなお、くうちゃんはキッチンに歩いていき、食器棚の中に目を這わせた。カップを探している様子だった。

「まあまあ、くうちゃんはそっちで休んでいてくださいな」

私はくうちゃんの肩に両手を載せ、キッチンから続く居間へと押しながら歩いていった。

その日の夕食は、くうちゃんの歓迎会をかねて外食にした。実のところ、私も群馬と千葉をとんぼ返りして、少々疲れ気味だった。「夕食の支度が面倒だった」というのが本音だ。

くうちゃんの同居一日目は、まずまずの出だしだった。

翌朝。

「由美ちゃん、おはようございます」

二階から下りる私に気づいた、くうちゃんの声。

――そうだった。昨日《きのう》から、くうちゃんとの同居が始まっていたんだっけ。

寝ぼけていた私は、ようやく頭の中の回路が繋がった。

「くうちゃん、早いね。昨日遅かったんだから、もう少し寝ててもよかったのに」

「あたし、早く目が覚めちゃったから、玄関のお掃除だけ先にしてたの」

「あら、そうなの？　くうちゃんは働きものだから、私、助かっちゃう。ありがとう」

私にとっても、くうちゃんと同じ、新たな生活のスタートだった。

その頃、くうちゃんはすでに、「アルツハイマー型認知症」と、それに併発した「パーキンソン病」の診断を受けていた。でもまだまだ、日常の会話や生活には、さほどの支障はなかった。

ただ、幾度となく同じ話を繰り返すようになっていた。私をほかの誰かと間違えて、話がかみ合わなくなることもたびたびあった。

でもそんなことは、私が慣れればなんということはない。しかも昔のことを思い出し、それを言葉にすることは、それはそれで、認知症のリハビリにもなると医師は言った。

三　お茶目なくうちゃん

一九二六年（大正十五年）。千葉県香取市にて、くうちゃんは元気な産声を上げた。

それは、大正から昭和へと改元になった年だった。

ここで、「くうちゃん不満トーク」というのを紹介したいと思う。

「あたし、損しちゃってるの。だって、あと三ヵ月だけ遅く生まれてたら、昭和生まれだったのに。なんか大正生まれって、年寄りみたいに聞こえるわよね」

くうちゃんにとって、「若く見える」と言われるのが、なによりのほめ言葉だった。

「大正」という言葉のイメージが、あまり気に入らない様子であった。その気持ちはシニア真っ只中にいる今の私も、よくわかる。そんなふうに、自分の本音をあっけらかんと口に出すので周りはつい笑顔になってしまうのだ。


こんなこともあった。少々困ったことであったが。

くうちゃんと私とで、コンビニへ買い物に行った時のことだった。午後のおやつにと、二人して棚に並べられた菓子パンをあれこれと選んでいた。

私はくうちゃんの持つ、コンビニのかごにパンを二個入れながら伝えた。

「私、これとこれにするから、くうちゃんも自分のパンを選んだら、私のところに来てね」

私は別のものを探すため、店の奥へ歩いていった。

数分経っただろうか。なかなか姿を見せないくうちゃん。

「もしや！」

私は急いで戻り、レジへ行った。

予感が的中してしまった。レジカウンターの前に置かれたかごが目に入った。

そこには、山のように盛り上がった菓子パンが入っている。しかも、すでに店員さんのレジ打ちが始まっているのだ。

「あ……」

完全にこちらの手落ちだ。レジにストップの申し出は言いづらく、そのまま大量の菓子パンを購入する流れになってしまった。

あとでくうちゃんに聞くと、

「だって、由美ちゃんのでしょう？　智子ちゃんのでしょう？　正子ちゃんのでしょう？……」

そのあとも、何人もの名前が連なって出てきた。どうやら、くうちゃんの頭の中では、今まで関わった人たちと一緒におやつを食べるイメージが浮かんでいたらしい。いつのまにか、我が家が大所帯になっていたのだ。きっと、くうちゃんにとって理想の家庭像なのだろう。

くうちゃんの優しさから生じた出来事をたしなめるわけにもいかず、二、三日は、数種類の菓子パンが我が家の主食となった。

まあ、そんなグチは言っても、その頃のくうちゃんとの同居生活は、彼女のお茶目さのおかげによって、それなりに楽しく過ごせた私だった。

四　愛称（唯一の形見）

「ねえ、由美ちゃん。あたしの『くうちゃん』っていう呼び名はねえ、お父さんとお母さんからもらった大切な贈りものなの」

遊び心も手伝い、私はあえてこんな言葉で返してみる。

「あっ！　出た、出た、出たぁ。くうちゃん、またその話かいなぁ」

実を言うと、私は「その話」を聞くのが好きだった。なぜならば、その話をしている時のくうちゃんの瞳が、キラキラと輝くからだ。まるで可憐な少女のように、嬉しそうな表情を見せてくれた。

「そうなんだ。『くうちゃん』って、かわいい愛称だよね」

私は身を乗り出しながら、初めて聞くように相槌を打つ。

「でね。あたしがまだお母さんのお腹の中にいる時に、お父さんと約束していたんだって。『この子が生まれたら、一緒にくうちゃんって呼んで、抱っこしてあげよう』って」

そう話すくうちゃんの顔は、幸せそのものだ。

「だからあたし、みんなから『くうちゃん』って呼ばれていたいのよ」

そう言いながら、くうちゃんの顔には、またこぼれんばかりの笑みが広がっていく。

実際のところ、聞き慣れた内容ではあった。でも私にしてみても、くうちゃんとの言葉のキャッチボールは、限られた時間をしっかりかみしめられる貴重なひと時でもあった。

赤ちゃんが誕生するまでに、名前だけでなく、愛称も考えていることはあると思う。それが生涯の呼び名になっていくのは、特に珍しいことではないだろう。

しかしくうちゃんにとっては、その愛称が生まれたプロセスそのものが、なによりも親子の繋がりを示す証だった。それが人生を歩んでいく糧となっていた。

くうちゃんがことさら愛称にこだわったのは、そこに彼女なりの思い入れがあったからなのだ。

冒頭で触れたように、くうちゃんは母親、妹、弟と、立て続けに辛い別れを経験した。弟の達夫ちゃんの死から五年後、父親もまた、心臓の病により他界している。

くうちゃんは、娘時代の多感な時期に、過酷な現実に直面してきた。計り知れない悲しみの渦に巻かれ、心を閉ざした時もあったという。

だからこそ、人一倍、両親の温もりを追い求めていたのだ。

決して揺らぐことのない、確かな絆として、「くうちゃん」という愛称そのものが、唯一無二の宝物だった。

それが形として存在しないものであっても、自分と亡き父母《ちちはは》を結ぶかけがえのない形見として、心のよりどころとなっていたのかもしれない。

「だから由美ちゃん。いつまでも、『くうちゃん』と呼んでいてよね。あたしが死んじゃってもよ。ずうっとね」

そしてくうちゃんの話は、冗談まじりではあるが、決まってこう続いていく。

「あっ、もう一つお願いがあるのよ。あたしが死んじゃう時には、手を握っていてね。だって一人ぼっちじゃ心細いし、寂しいのは嫌だもの」

正直、あまり笑えぬ冗談に、いささかリアクションに困った私は、気の利いた返しの言葉も見つからなかった。とりあえずは苦笑いでやりすごすしかない空気となる。でも私は、その一連のやり取りが結構楽しくもあった。

くうちゃんも、まんざらではない様子だった。いたずら顔で肩をすくめながら、両手を口に当てて、恥ずかしそうに笑う。

それは、くうちゃんが照れ笑いをする時のお決まりの仕草だ。

今となっては、その頃のなにげない会話や、くうちゃん独特の照れ隠しの仕草。

それらのなにもかもが、無性に懐かしくて仕方がない。

五　呼び起こされた記憶

それまでの私は子育てと仕事に追われ、人生を突っ走ってきた。

でも、くうちゃんとの同居を機に、「くうちゃんの限りある意識と時間」を優先しようと思った。そこで家にいながらにして携わることができる、新たな分野での仕事に替えた。

そうした私自身の生活の変化の中、時間の余裕を見つけては、くうちゃんと二人で四季折々のイベント行事や近場のお花見などに出かけていった。お出かけの帰りは、よくランチを楽しんだことを思い出す。

「ねえねえ、由美ちゃん。ネコちゃんのいるお店に行きましょうよ。あたし、お腹空いちゃったー」

　私の運転する車の助手席から、くうちゃんが私をのぞき込む。くうちゃんと私のお気に入りの店があったのだ。

「ネコちゃんのいる店」とは言っても、今流《は》行《や》りの「ネコカフェ」の類《たぐい》ではない。棚や壁に、かわいい子ネコをモチーフにした絵画や、さまざまなネコの置物が数多く展示された店で、どこか心がホッと癒

くうちゃんと私で近場のお花見

されるようなランチカフェだった。

くうちゃんは、とりわけ子どもや小動物が好きで、その店に心惹かれていたのだ。

このような、ほんの些細な日常であっても、くうちゃんと私とが同じ楽しい時間を共有することで、彼女はさらに心を開いていった。そして、徐々に深い闇から解放されていくのが、私には如実に感じられた。

子どもの時に経験した、あの辛い出来事を話してくれたのもこの頃であった。主治医から処方された漢方薬の効力だったのか……。断片的ではあるが、くうちゃんの記憶は着実に蘇っていく過程が見て取れた。

それこそ〝お気に入りの店〟で美味しいランチを食べたり、出かけたりといった、それなりの刺激がプラスに働き、くうちゃんの脳が活性化していったのか。

いずれにせよ、くうちゃんが少しずつでもクリアになっていくことは、私にとっても嬉しいことだった。

私は、くうちゃんが発した言葉の一つずつを、つじつまの合う文章に置き換えていく。まるでジグソーパズルを組み合わせるかのように、時を繋ぎ合わせていった。


「これ見てぇ。ねえ、由美ちゃん！」

自分の部屋の片づけをしていた、くうちゃんの声だった。

「どうしたの、くうちゃん？　大きな声を出して」

くうちゃんにしては珍しく、小走りで居間に入ってきた。くうちゃんは大声で人を呼ぶなんていうキャラではない。よほど気持ちが高ぶっているようだった。なにやら、両手に箱のようなものを抱えている。それは籐で編みこまれた、年代色豊かなものだった。

くうちゃんは、その入れものを大切そうにテーブルの上に置き、椅子に腰かけると、中から一枚の写真を取りだした。

「あたしねぇ、ここのお店で仕事をしていたの」

私は初めて目にした写真に、なぜか分からないが、胸がドキドキした。

その写真には、レトロな趣のある、いかにも昭和っぽい店が写っている。店の前には、若い頃の少しポッチャリとしたくうちゃんの笑顔があった。

「くうちゃんだ！」

私は年甲斐もなく、子どものように大声を出してしまった。

「そうなの……。それ、あたしなの」

くうちゃんはそう言いながら、写真から私へと顔を向けた。

その表情は、まるで過去の自分を探し当てたような、達成感に満ちていた。

「あたし、あたし、ここでコーヒーとか、ホットドッグとか、お客さんに……」

くうちゃんは、自らを落ち着かせようとしたのか、ごくりと唾を飲み込んだ。

私は合点が行った。何か事《こと》ある度に、くうちゃんがコーヒーを淹《い》れたがる理由《わけ》に。

そして、さらに言葉を続けた。

「そうだ、アイスクリームも売っていたの。やっぱり、あたしここで働いていたのよ」

その声は高くうわずっていた。

なおも高揚したくうちゃんは、まだなにかを必死に伝えようとしている。

彼女は、箱の中に両手を入れ、数枚の写真を取りだすと、ゆっくりとテーブルの上に並べだした。

見ると、くうちゃんと一緒に、はち切れんばかりの笑顔を見せる女の子の写真。

そして、くうちゃんが、愛おしそうに赤ちゃんを抱っこしている姿。

それはまさに、深い母性そのものであった。くうちゃんは、いつも子どもたちの隣にいたのだ。

私はなぜか、熱いものが込み上げてきた。私もまた、くうちゃんと同じ感動の中にいた。

私はくうちゃんの記憶が途切れないうちにと、隣の椅子へと腰かけ直し、しっかりと目を見て聞いた。

「そこに写っている子どもたちは、根岸さんのお宅の娘さんたちなのね？」

「うん。みんな、どうしているんだろう……」

そう呟くと、くうちゃんはまた写真を見続けた。ふと、またなにかを思い出したように、一気に言葉を重ねていった。

「あたしねぇ、本当の子どもは産んだことはないけど、二人のかわいい子どもたちと暮らせて、あたし、お母さんの気持ち……味わうことができたの」

くうちゃんはそう言って、目を潤ませた。

たった数枚の写真により、くうちゃんの喪失していた記憶が、呼び起こされたのだろう。

同居人という立場ではあったが、くうちゃんは根岸さん宅の家族の一員として、二人の娘さんたちの成長を見守った。

そのことで、家庭という温もりに触れることができたのだ。

——きっと、そうに違いない。

私は、くうちゃんの目を真正面から見るために、私の手のひらを彼女の両腕に添わせ、思い切って聞いてみた。

「くうちゃん。智子ちゃんと正子ちゃんに、会ってみたい？」

「……うん……」

くうちゃんは子どものように大きくうなずいた。

二人に連絡を取ってみよう。私はそう心に決めたのだった。

六　再会

さて、どうやって智子さん、正子さんに連絡を取ろうか。まずは、そこからであった。彼女たちと私との交流はまったくなかったに等しい。私は思案にくれた。

「そうだ！」

くうちゃん宛てに年賀状やハガキが来ていたはずだ。

同居がスタートした翌年のお正月、何枚かの年賀状が届いていたのを思い出した。

きっと私のところに移り住む前に、くうちゃん自身が群馬の住所を知らせておいたのだろう。

「くうちゃん、智子さんと正子さんから年賀状とか届いてなかったっけ」

「うん、来てた」

「じゃあ、それ、今でもある？」

「大切なものだもの。ちゃんとしまってあるわよお」

「よかったぁ。じゃあ、すぐに持って来てくれる？」

「そうだわね、今持って来るから、ちょっと待っててね」

くうちゃんはそう言うと、小走りで自分の部屋へと入っていった。

彼女は、気持ちが高ぶると、なぜか歩幅を狭くして小走りになる。

それはそうと、もうとっくに三十分は経っている。部屋の中から時折、〝ズズー、ゴットン〟と鈍い物音がしている。しびれをきらした私は、部屋のドアの前で、中の雑音に負けぬよう大声で言った。

「くうちゃーん。まだ見つからないの？」

「……」

「私も手伝おうか？　部屋に入るわよぉ」

私は、さらに声を張り上げた。

くうちゃんはなにかに夢中になると、ほかのことが頭や耳に入らなくなってしまうのだ。

中に入った私は、想定通りの光景に、発した声が溜め息まじりになっていた。

「あーあ、やっぱりだ」

「……由美ちゃぁん、ないのよー。一緒に捜してー」

案の定だ。

ある程度の予測はしていたものの、それ以上に部屋がすごいことになっていた。引っ越しが多かったくうちゃんは、持ち運びに便利なプラスチック製の小型のタンスを使っていた。それは賢明なことなのだが、その引き出しをすべて床に広げ、足の踏み場のない状況だった。

彼女は、その真ん中に座り込み、一心不乱に引き出しの中を捜している。

見ると、半ば泣きべそ顔だ。

「くうちゃん、いったん落ち着いて、まずゆっくりとどこにしまったのかを考えようよ」

私のほうが、泣きたい気持ちになっていた。今までも似たようなことがあったからだ。

おもに台所でのことなのだが、引き出しの中がごちゃまぜ状態になっていることが珍しくはなかった。そのたびに元に戻すのは、私の仕事だ。

「こんなに広げちゃって、あとで片づけるの一苦労だわ」

私は、少し苛立ちを覚えていた。その年賀状の件で、こんな経緯《いきさつ》を思い出していたからだ。

当時私は、お年玉付年賀ハガキの当たり番号を確かめる都合上、少しの間、私が保管する提案をしていたのだ。

でも、くうちゃんは自分が持つと主張し、頑として譲らなかった。時に彼女は、必要以上に意固地になってしまうことがあった。今思えば、それもアルツハイマーの初期症状なのだが、当時の私はそれを考える余裕などなかったのだ。

「だから、私が保管するって、あれほど言ったのに」

私の心の声が、つい口から飛び出してしまった。

「…………」

くうちゃんも、不機嫌そうに黙ったまま、さらに押し入れの隅に重ねてある、大きな箱に手を掛けようとしている。

――この雰囲気を……どうやって変えよう……。

「くうちゃん、それ重いから、あとで一緒にやろうよ。少し疲れたから、そろそろコーヒータイムにしようか」

「……うん。うん、そうしようね。あたし、由美ちゃんの好きな熱々のコーヒー淹れてあげる」

むくれていたくうちゃんの顔が、一転して笑顔になった。気分を変える作戦が成功したのだ。

私はホッとしたのと同時に、くうちゃんを叱ってしまったことを後悔していた。

そして、そのおやつタイムが、捜し物の行方へと繋がる糸口となった。

「このクッキー、美味しいでしょう？　くうちゃんと一緒に食べようと思って、昨日《きのう》買っておいたの」

すると、くうちゃんは嬉しそうに、クッキーを口いっぱい頬ばりながら答えた。

「すっごく美味しいね。あとでお仏壇に供えたいから、少しもらっておくね」

「……ん？　お仏壇？」

「うん、お仏壇にお供えするの」

「そうよ！　そこだあ」

私はまたもや、大声を出してしまった。

思い出したのだ。その仏壇には、奥に小さな引き出しが付いていたことを。

「くうちゃん、もしかしてお仏壇の引き出しに入れたんじゃないの？」

「……引き出し……？」

くうちゃんは、お彼岸やお盆だけではなく、気に入ったお菓子などがあると、必ずと言っていいほど、仏さまにお供えをしていた。

彼女はほかのことは忘れても、先祖の供養だけは、忘れることはなかった。

お仏壇の中には、くうちゃんの両親、達夫ちゃん、富子ちゃん、そして祖父母の位牌が並べてあった。

問題の引き出しは、その後ろに隠れてしまっていたのだ。くうちゃんだけではなく、私までも不覚にも、その存在を忘れていたのだった。

すぐに二人して部屋へと向かった。

「あったあ！　やっぱりだあ」

くうちゃんと手を取り合った。そこには、きちんと重ねられた、いくつかのハガキや年賀状が置かれていた。

もちろん、ちゃんと智子さんと正子さんの年賀状があった。

私の知り得ないH・K夫妻からの年賀状も、丁寧に重ねられていた。気になった私は、くうちゃんに夫妻の住所と名前を読み上げてみた。

「H・Kさんだわ。あたし、すっごく世話になった人なの」

「あら、そうなんだ。そのご夫婦のこと、もっと知りたいなあ私。どんな知り合いなの？」

「お店にいつも来てくれていたの」

「じゃあ、お店のお客さんね」

「違うわよ、お客さんじゃなく、あたしの大好きなお友だちなのよぉ。会いたいなー」

「どんなお友だち？」

「えーとね、お店にいつもいる人よ」

このあとは、話が堂々巡りで、結局H・Kさんのことは、消化不良のままで終わってしまった。

なにはともあれ、ひょんなことから、智子さんと正子さんの年賀状が見つかった。

私は年賀状の住所を頼りに、智子さん、正子さんに連絡を試みた。時を経ずして、突然の申し入れにも関わらず、お二人は、快く受け入れてくれた。

まずは海外にいる智子さんが、日本へ里帰りの際、その滞在日程の一日を当ててくれるという。正子さんからは、「退職までの残りの数年間を勤め上げてから、ゆっくりと会いに行きたい」という心情を伝えてもらっている。

「初めまして。こんなに遠くまでありがとうございます。くうちゃん、楽しみに待っています。よろしくお願いします」

私の住む最寄り駅で、智子さんと初めて会った。

「初めまして。こちらこそよろしくお願いします」

智子さんは、洗練された印象の都会的な女性だった。

智子さんとともに我が家に到着し、玄関のドアを開ける……駐車場に車が入る音が聞こえたのか、すでにくうちゃんがニコニコと微笑みながら立っていた。

「智子ちゃん！」

「くうちゃん、お久しぶり！　元気にしてたー？」

私はこの時、喜びで心がいっぱいになっていた。智子さんの発した第一声が、「くうちゃん」だった。そのことで、くうちゃんの顔がさらにほころび、輝いたからだ。

その日のコーヒーを淹れる役目は、くうちゃんではなく、私がすることにした。くうちゃんと智子さんの大切な時間なのだから。

その再会は、不思議なほど、過ぎた月日の距離感といったものはなかった。

くうちゃんと智子さんとの話はごく自然に、くうちゃんがお店で働いている頃に移った。

私は、その会話の中で、やっとH・Kさんの存在を知り得たのだった。智子さんと話すうちにくうちゃんは大きく閃いたようだ。大切な人達との思い出が瞬時に蘇ったのだった。

「お世話になった大好きなお友達」

くうちゃんが、そう繰り返していたH・Kさんとは、根岸家が営んでいた店舗ビルのオーナーであった。

私は胸につかえていたものが取れた。そして、くうちゃんの幸せな頃が、こうして少しずつでも具体的に見えてきたのが嬉しかった。

くうちゃんを中心とした、昔の思い出話に時を忘れ、あっという間の一日であった。くうちゃんは終始、喜びの表情だった。心の底から私は思った。

——彼女たちに呼びかけてよかった……と。

そして、私は晴れやかな気持ちで、智子さんに感謝した。

七　自覚・落胆・そして光

しかし日を増すごとに、私の知らないくうちゃんの一面が、徐々に現れるようになっていった。

たとえば、いつもの笑顔から一変し、急に表情が曇り、自分の世界に入り込んでしまう。そうかと思うと、理由《わけ》もなく、なにかにイライラする様子を見せる。時には、片づけをしているつもりなのか、一つのものをあちこちと納得のいくまで移動し続ける。そんな理解不能な行動に没頭することが多くなった。本人なりになにか考えがあっての行動なのだろうか。

その頃のくうちゃんは、いったんなにかを思い込むと、頭の中がそのことでいっぱいになってしまうようになっていた。

私は、くうちゃんが日ごとに変貌していく現実を前に、狼狽《うろたえ》と不安が広がっていった。くうちゃんの気持ちが、以前のように読めなくなったからだ。

くうちゃんの意識は、どのくらい遠退いてしまっているのか……。

そう考えると、ただただ悲しかった。

今までのように、二人でおもしろトークを交わすひと時。そんな時間は、あとどのくらい残されているのだろう。


ある日、くうちゃんがまじめな顔つきで、こんなことを私に聞いてきたことがある。

「私ってボケちゃっている時、どうなっているの？　なんか……なんだか分かんなくなっちゃう時があるから……由美ちゃんになにか迷惑かけてない？」

くうちゃんは悲しそうな表情で、私に答えを求めた。

私はもう以前のように、冗談で返すことも辛くなっていた。くうちゃんは、自分が認知症であることを知っていた。

だからこそ、病から起こるさまざまな症状にもがき苦しみ、誰よりもくうちゃん自身が、その病魔に怯えていたのだった。

時の流れは残酷だ。

容赦なく、くうちゃんの心と体に、「なにか」が着実に忍び寄っていた。くうちゃんの迷いと葛藤を目の当たりにしていた私もまた、先の見えぬジレンマに戸惑い、苦しんでいた。

その頃からだった。くうちゃんは、入浴などの介護サービスを受けられる施設で、昼間の時間帯だけ過ごすこととなった。安全性を考え、お風呂だけでもプロの手に託そう……そう思ったからだ。

しかしそれが皮肉にも、くうちゃんの身の上に思いもよらぬ不幸を招くことになってしまった。

二〇〇六年（平成十八年）十二月、その日もくうちゃんは、ほかの利用者さんたちとともに施設で過ごした。でも自宅へと戻る送迎車に乗ろうとして、簡易設置されていたステップから転落してしまったという。

コンクリートで固められた駐車場に腰から転げ落ち、尻餅をついてしまったのだ。大腿骨骨折だった。

くうちゃんの体は、決定的なダメージを受けてしまった。安全であるべき場で、取り返しのつかぬ事態に見舞われてしまったのだ。

くうちゃんは三ヵ月に及ぶ入院生活を余儀なくされた。それがきっかけとなり、二度と歩くことができなくなった。そればかりか、私の一番の懸念だった認知症が、急速に進行してしまったのだった。

くうちゃんの顔からは次第に笑顔が消え、口数も少なくなってしまった。事故に遭うまでのくうちゃんは、病気の進行に苦しんではいたものの、ちゃんと自分の足で歩けた。大好きなランチや買い物も、まだまだ楽しんでいたはずだった。

そう思うと、苦しいほどにくうちゃんがかわいそうでならなかった。

あの施設にさえ通わせなかったら……あの事故さえ免れたのなら……。

幾度となく沸き上がる怒りとともに、なんとも言い知れぬ後悔と自責の念に苛まれる毎日であった。


そんな落胆の日々が続く中、多くの巡り合わせと、温かな尽力をいただきながら、再び救いの道へと繋いでいくことができたのだ。

くうちゃんのすべてを委ねられる特別養護老人ホームAとの出合いであった。

そのことにより、くうちゃんの日常に、また新たな光を見いだすことができた。

くうちゃんのトレードマークである本来の笑顔と生きる活力を、少しずつ取り戻していったのである。

八　和みの時

二〇〇七年（平成十九年）秋。

「くうちゃん、くうちゃん。私よぉ！」

私は手を振りながら、施設の利用者さんたちがくつろぐフロアへと入っていく。

「あっ、由美ちゃん。こっち、こっち」

くうちゃんは少し離れたところから私に気づくと、両手を半分だけ上げ、満面に喜びを表してくれた。私はその笑顔を見られただけでも、安堵したものだ。

くうちゃんの終《つい》の棲家となった特別養護老人ホームAは、新設だったこともあり、明るく活気のある環境だった。

その表情から、くうちゃんがその場に溶け込んでいるのが見て取れた。私はひとまず、胸をなでおろした。

しかも、くうちゃん持ち前の天然ぶりも、そこでは十分発揮できているようだった。ムードメーカーとまでは言わないが、それなりに周りを和ませていた。まあ、「和ませる」というような表現は、肉親ならではのまったくの身びいきであるのかもしれないが。

それはたまたま、私が施設で昼食の様子を目にした時だった。

Aホームは、入居者さんたちが十人ほどのグループでテーブルを囲む。お昼には、並べられたそれぞれのお膳の前に座り、食事を楽しむといった形態だった。

くうちゃんは、自分の前に置かれたお膳を嬉しそうに眺めていた。

グループ内のお膳すべての支度が調うと、食事がスタートする。ふと、くうちゃんを見ると、なにを思ったのか、お隣のお膳からおかずのひとかけを摘まみ上げている。

上手に箸を使い、それを自分の前に置かれたお皿にポイと入れてしまった。

病気の仕業だと熟知しているスタッフさんが、すかさずそれなりのフォローをしてくれた。小さな子どもに言うように優しい声で。

「あらまあ、くうちゃんのご飯はこっちよ。これはお隣さんの」

私はそのお隣さんのそばに行き、小声で詫びた。

「すみません、ごめんなさいね」

その女性は笑いながら、くうちゃんの顔をのぞき込むように言った。

「いいんだよ、いいんだよ。それあげるよ」

身内の私としては少々苦笑いものであったが、くうちゃんを誰一人咎《とが》めることなく、テーブルが笑いに包まれた。

では、当のくうちゃんはというと、涼しい顔でこう言う。

「ああら、そうだったのぉ、間違えちゃったぁ」

そして肩をすくめると、両手で口を覆った。あの照れた時に見せる、くうちゃん独特の仕草だ。それも私のほうを見ながら、おどけるように。

これには私も、笑いで返すしかない。周りも爆笑せざるを得ない空気となった。スタッフさんや利用者さんには、本当に感謝ものだった。

くうちゃんは、自分が笑っていたいだけでなく、常に皆からも笑ってもらうことを好んでいた。

あの時はそれが、病気の症状の一つとして、表面に出てしまったのか。それとも私の姿に気持ちが高ぶり、くうちゃんの一種のサービス精神が発揮されてのパフォーマンスだったのか。今となっては永遠の謎だ。

いずれにせよ、グループ内の雰囲気はありがたかった。

ありがたいと言えば、くうちゃんが楽しみにしていたことがあった。マッサージのために、週に二、三度施設へと足を運んでくれる和田氏の存在だった。

くうちゃんの手足は、日常の着替えも困難なほどに委縮していた。それが施術後は体の硬直もほぐれ、血行もよくなるのか。くうちゃんの顔に赤みが戻り、肌つやもよくなっていくのが見て取れた。

それにも増して、私が一番ありがたかったことがある。和田氏が、くうちゃんを歩かせてくれることだった。

彼はくうちゃんの両腕を自らの体に預け、後ずさりしながらくうちゃんを抱え込むようにする。そして、ほんの数歩なのだが、車椅子から立ち上がらせて、くうちゃん自身の足の裏で床を踏みしめさせるのだった。

決して、自力で歩くのではない。でもくうちゃんの頭の中ではきっと、以前のようにしっかりと地面を両足でとらえ、その感覚を味わっていたに違いない。その時のくうちゃんの誇らしげな顔が、今でもはっきりと、私のまぶたの奥に焼きついている。


それからどのくらいの月日が経っただろう。

くうちゃんが亡くなる一年前の穏やかな春の日だった。

私は、一時帰国された智子さんとともにホームへ面会に行くことになった。智子さんがホームへ行くのは初めてだった。

きっと智子さん、くうちゃんの変わりように驚かれるのでは……。

そんな考えも過《よぎ》った。でも、せっかく会いたい気持ちで足を運んでくださったその思いを、私はありがたく受け止めることにした。


その頃になると、くうちゃんとの直接的な会話はもう困難となっていたため、私は施設内での散歩を提案した。

Aホームは廊下の幅が広めだったため、車椅子でも楽に行き来ができた。ホーム内が、最も手軽な散歩コースだった。

「あの、智子さん。車椅子、押してみますか?」

二階に行くためのエレベーターの前で、そう聞いてみた。くうちゃんと智子さんがこうして会うことができるのは、今日限りかもしれない。そんな予感がしたからだった。

「そうですね。じゃあ、くうちゃん、押してあげるわね」

智子さんは車椅子の後ろに回ると、ゆっくりと歩き始めた。

くうちゃんは、智子さんの声を聴き分けていたはずだ。かつてともに暮らした子どもたちとの日々を、一人思い出していたのだろうか。じっと。ただじっと……。

くうちゃんは、遥かなまなざしをしていた。

九　病魔と向き合う

不安と困惑に翻弄されながら、時は経過していった。

長い間、くうちゃんの体に棲みついていた病魔は、不気味な足音を立て、なおも迫りくる。その勢いは止まることなく、くうちゃんの心を蝕《むしば》み続けていた。彼女の、明るく屈託のない性格も病には勝てなかったのだ。

やがてくうちゃんは、自分の体の向きさえも、自力で変えることができなくなった。くうちゃんの顔からは、生命の根源である精気というものが消え去り、次第に苦痛の表情に変わっていった。その恐ろしい病は、無慈悲にも人相まで変えてしまう。人としての尊厳さえも奪い取ってしまうのだ。

遠くの一点を見つめている目。その先には果たして、なにが見えていたのだろう。過ぎ去ってしまった日々に思いを馳せているのか。それともまったく別人格が、くうちゃんの心を支配してしまったのか。

それは到底、本人以外の人間に分かるはずもなく、誰も判断をなし得るものではない。

時経たずして、くうちゃんの瞼は閉じたままとなった。食事をすることすらままならなくなってしまった。まるで命の綱渡りのような、不安な日々が続いていた。私はそんな状態のくうちゃんの姿を見るのが辛く、悲しかった。現実から目をそむけたくなるほどに心が折れて、漆黒の闇へと巻き込まれそうになることもあった。

そんな時は決まって、私はくうちゃんの隣室に入居している藤間さんの部屋を訪ねた。そして思いっきり泣かせてもらった。するとなぜか、心が癒されていった。

藤間さんは、誰に対しても細やかな心遣いで接する女性だった。それに、なんと不思議なご縁なのだろう。くうちゃんと、お誕生日がまったく同じだった。

そんなこともあり、藤間さんはなおのこと、くうちゃんを気遣い、心配してくれていた。

実は、くうちゃんがAホームに入居して間もない日、あの昼食時の苦笑いエピソードを、広い心で「和みの時」に変えてくれた女性。「いいんだよ、いいんだよ。それあげるよ」のお隣さんとは、藤間さんのことだった。

さらに、くうちゃんの体をほぐし、たとえ仮初《かりそめ》でも再び歩くイメージを与えてくれた施術師の和田氏もまた、藤間さんの紹介だった。

「くうちゃん、大丈夫かい？　聞こえているかい？」

藤間さんは毎日のように、車椅子を自ら操作し、くうちゃんの部屋のドア越しから、そう言って励ましてくれていたという。

「くうちゃんは自由に動けなくたって、目が開けられなくたって、ちゃんと耳は聞こえているんだから。気を落とさず、声を掛け続けてね。いつも姪ごさんがこうやって面会に来てくれるのを、くうちゃんは毎日待っているんだから。がんばって」

そう言って、すっかり悄気《しょげ》た私を、力強く勇気づけてくれた。

私は今、改めて当時を思い起こしてみる。きっと私は自分でも気づかぬうちに、くうちゃんの元気だった頃の面影を、藤間さんの姿に重ね合わせていたのだ。藤間さんの中にくうちゃんの優しい笑顔を求め、その姿を彷彿とさせていたのかもしれない。

十　涙

二〇一六年（平成二十八年）一月十三日。いつもと変わらぬ軽やかな音ととももに、Ａホームの玄関の自動ドアが開く。冬の厳しい寒さの中にいた私を、一気に暖かな空気が迎え入れてくれた。

持参の上履きに履き替え、手早く面会簿に名前を書く。そしてくうちゃんの部屋へと向かった。まさに、勝手知ったる他人の家だった。

「こんにちは！　いつもお世話様です」

「あっ、こんにちは。ご苦労様です」

ホールですれ違う職員さんたちと、軽い会釈を交わす。それが私の九年間にわたる日常であり、生活の一部となっていた。


「よかったら、これ使ってください」

私が部屋に入ると、スタッフさんが常備の椅子を貸してくれる。

「いつもすみません。助かります」

「どうぞごゆっくり。なにかあったら、遠慮なく声を掛けてくださいね」

そう言いながらくうちゃんの体の位置を整え、私のほうに向けてくれた。

「ありがとうございます」

私はその椅子をベッドの横に置き、まずはいつものように、くうちゃんに声を掛けた。

「くうちゃん、私よ。聞こえてる?」

返事がないのは分かっていた。くうちゃんは数ヵ月前から目を開けることもできず、意識の有無さえ判断できぬ状態だった。

しかし、この日は違っていた。

「えっ!　くうちゃん、本当に?」

食い入るように目を見張った私は、そのまま釘づけとなった。なんとくうちゃんが、瞬きを何度も繰り返している。そして少しずつ、ほんの少しずつではあるが、懸命に瞼を引き上げながら、視線を私に定めようとしているのだ。

その瞬間、私は確かに受け止めた。くうちゃんの、「意志」というものを。

「くうちゃん、分かるの？　私が見えるのね？　なにか言いたいことある？」

不意のことに、ただ夢中で頭に浮かんだ言葉を並べていた私だった。

見ると、くうちゃんはゆっくりと自分の腕を押し上げている。そして右手を私の前に差し出し、私から目を離さずにいた。それは細く、弱い視線ではあったが、私になにかを伝えようとしているのを感じた。

とっさに私は、くうちゃんの手を両手で包み込み、強く握りしめた。するとくうちゃんは、今まで必死に開けていた両目を再び瞑《つぶ》った。その瞼が、小刻みに震えだした。

私は固唾《かたず》をのみ、目の前に起きている現実に目を凝らしていた。

ふと気づくと、瞑ったままのくうちゃんの両目尻から、なにか光るものが滲みだしている。それはくうちゃんの呼吸とともに、きらきらと揺らいでいた。やがて二つの筋を残して、すうっと零れ落ちた。

「くうちゃん……　泣いているの？　そうなのね？」

私は苦しいほどに、胸を締めつけられた。言いようのないほどの切なさに、激しく心を揺さぶられた。

そして私は、くうちゃんと一緒に泣いた。

十一　旅立ち

同じ日の夜、また、Aホームのドアが開いた。

しかし昼間のそれとは違い、私を迎え入れてくれたのは、そこに漂う重々しい空気だった。

くうちゃんが危篤というホームからの連絡に、取るものもとりあえず駆けつけた私だった。慌てていつもの室内履きを忘れ、面会者用のスリッパに手を伸ばした。その指先はかすかに震えていた。

「お待ちしていました。こちらへ……」

すでにケアマネジャーが、事務所から出てきて待っていてくれた。

「あの、くうちゃんは……」

「……」

彼は無言で、時折私に目を配りながら、足早にホールを通り抜けていく。私は少し息を上げながら、あとについていった。毎日のように行き来していたはずのそのホールが、なぜか遠く感じられた。

就寝時間を過ぎたホーム内に、私の履いていたスリッパの音だけが、虚しいほどに響き渡った。あの音は、今でもはっきり耳に残っている。

フロア通路の奥にあるくうちゃんの部屋のドアが、大きく開かれているのが見えた。そのドアの前には、いつもお世話いただいているスタッフさんたちが集まっている。それがなにを意味しているのか。

私は、「ある覚悟」というものを胸に置いていた。でもその一方で、「もしや、持ち直してくれたのでは？」。そんな思いも捨てきれずにいた。

しかし部屋に着くと、中央に置かれたベッドを囲み、一同の視線がくうちゃんに注がれていた。まるで時が止まったような静かな室内の様子に、私の一縷《いちる》の望みも消えてしまった。もう、目の前の現実を受け止めざるを得なかった。

「間に合わなかった……くうちゃん、ごめんなさい……」

傍らに、ホームの主治医であるM医師の姿があった。彼は静かに声を発した。

「午後九時五十分、ご臨終になられました」

「……くうちゃん、許して。約束を守ってあげられなくて」

「あたしが死んじゃう時には、手を握っていてね」

そう言っていた、くうちゃん。その願いを叶えてあげられなかった……。

私はベッドにかがみ込み、くうちゃんの顔を両手で包んだ。顔も首も肩も、そして手も。なにもかもが、昼間触った時の温もりと少しも違っていなかった。

「まだこんなにあったかい……くうちゃん、本当に死んでしまったの？」

すべてを悟った時、私の両目から熱い涙が止めどなく零れ落ちた。

くうちゃんは、永遠に醒めることのない、深い深い眠りについてしまったのだ。

十二　納骨（くうちゃんからのメッセージ）

「とうとう本当の、本当の別れの日が来てしまったね……」

私は両腕に力を加え、骨壺を自分の胸に引き寄せながら呟いた。

二〇一六年（平成二十八年）五月十六日。青く澄み渡る空に、悠然と聳え立つ真っ白の慰霊塔。それは、天の使いと地上との懸け橋なのだという。そこは広大な敷地の中央にくっきりと映し出された、まさに神の恵みに満ちあふれた聖地だった。

「それでは納骨式を行いますので、こちらにお進みください」

式事進行人《しきじ》に促された私は、ゆっくりと立ち上がり、骨壺を抱え直した。その中には、前日に私が書き記しておいた手紙と、肉親や縁のある人たちの写真も一緒に入れてあった。

「あっ、はい」

緊張のため、頭の中が空っぽになっていた私は、慌てて返事をした。そして「冷静に」と自分に言い聞かせながら、納骨堂へと歩み寄っていった。

私は抱えていた骨壺を差し出すと、目の前にある四角い空洞をのぞき込んだ。

そこは、この世に蔓延《はびこ》るすべての澱《よど》みを寄せつけぬ、未知の空間だった。

「これより納骨いたします」

私は胸の鼓動を整えるために、大きな深呼吸をしてから返事をした。

「はい、お願いします」

限りなく続く透明な空と、永遠に滅びることのない美しい大地。その懐に抱かれながら、静寂のうちにそれは執り行われた。


私は問いかけていた。

「くうちゃん、あなたの人生は幸せでしたか？」

もし、生前のくうちゃんに聞いていたら、なんと答えただろう。十五年もそばにいた私なのに、なぜか、そのことだけは聞くのを避けていた。

どうしてなのか。

たぶん、そのほうが、くうちゃんの心の闇に触れることなく、私も気が楽だったからなのかもしれない。今となっては、どうにも聞きようがない。

くうちゃんの魂は、大好きなバラの花に囲まれながら、真の安らぎを得ることができた。

「よかったね、くうちゃん。もう楽になれるからね」

私は空を仰いだ。

「さようなら……くうちゃん」

十三　約束

どのくらいそこに佇んでいただろう。

私は慰霊塔の前で、ぼんやりと我が身を時の流れに任せていた。

虚ろな次元と現実との狭間に、心を奪われてしまったのか。

高い空。おぼろげに広がる霞。その中をまるで陽炎のように揺れながら、わずかな煌めきを伴った〝なにか〟が、うっすらと漂っている。私にはそれが見えているのだ。

にわかに信じがたい光景だった。それは、私の目をとらえて離さない。霞の空へと昇り、歩む誰かの影が浮かび上がるように見えている。その姿は、まっすぐに光の道を見据えている。一歩一歩、自分の進むべき道を踏みしめているようだ。

「くうちゃん……」

それは紛れもなく、くうちゃんの後ろ姿だった。

「くうちゃん！　そうなの？　そうなのね？　向こうの世界に行くのね？」

すると、その漂いの中に存在するくうちゃんは、すくっと立ち止まった。

体ごと静かに振り向いた。そして私にそっと微笑み、ある言葉を投げかけてくれた。

「……」

包み込むような深いまなざしと、なんとも優しい笑みを浮かべて発せられた、その言葉。私には、永遠に忘れることのできない言葉だ。

くうちゃんの顔からは、病と闘っていた頃の苦痛の表情は消え去っていた。周囲を和ませてくれた、あの屈託のない笑顔が戻っていたのだ。元気な頃のくうちゃんだ。

くうちゃんは眩いほどの輝きを放ち、真に尊い姿だった。

私は、くうちゃんが伝えてくれたその言葉をそっと胸に抱きしめ、ただ茫然と立ち尽くしていた。

やがてくうちゃんの姿は、時を超越した空間へと昇っていった。私の視界がゆらゆらと滲むと、とうとう見えなくなってしまった。

「さようなら……くうちゃん」

思い返せばあれは、ほんのわずかな時間の一コマを切り取り、スロー再生したかのような、実に不思議な感覚だった。

「気のせい」「錯覚」などと言う人もあるだろう。そう思われても仕方がない。おそらくは私の脳裏に刻まれた思いが、幻影として現れたのだろう。しかしその幻影は、再び私の心に、明るかったくうちゃん本来の姿を鮮明に焼き付けてくれた。

私はその瞬間、心に決めたことがあった。あの頃の辛い病に苦しむ姿を払拭し、この日私が見た、くうちゃんの笑顔だけを記憶の中に留めておこう、と。

くうちゃんだってきっと、そう望んでいると思うから。

どこからか、心地よい風が吹いてきた。それは大地の肌をなでながら、美しく咲き誇るバラたちを静かに揺らし始めた。
やがてその風は、墓標を前に佇む私を優しく包み込むと、そっと去っていった。
まるですべてのことを許してくれたかのように。
深き慈愛が、私の心の奥に静かにしみ渡っていく。
「ありがとう、くうちゃん」
私は思いのままに、繰り返していた。
何度も、何度も……。

この日の体験は、私の生涯において決して色あせることのない、忘れ得ぬ出来事となった。
今でも私は、くうちゃんを偲び思いを巡らす。くうちゃんが必死に目を開けてくれた、あの時。彼女は自分の命の炎がもう残り少ないことを知り、私に約束を守らせてくれた。

「あたしが死んじゃう時には手を握っていてね」

いつの日か交わしたあの約束。くうちゃん、あなたは私が悔いを残さぬよう、自ら手を差し伸べてくれたのですね。

最後の力を振り絞って……。

くうちゃんは、そんな優しさを持った人だった。

十四　感謝、そして永遠

納骨日から半年後。それは清々しい秋の日だった。

二人は静かに合掌し、故人を偲んだ。それは、くうちゃんの魂が眠る慰霊塔の前だった。

その年退職された正子さんが、くうちゃんに会いに来てくれたのだ。正子さんは、私が一番会いたい人でもあった。

——なにから話そうか……。まずは、当時のことを詫びなくては。

などと、会う前には緊張気味の私だったが、そんな思いは自然と薄らいでいった。正子さんは、私と同じ痛みを抱えていたと理解《わか》り合えたからだ。

当時を振り返ると、正子さんも私も、常にくうちゃんとの向き合い方を、あれこれと模索しながらの生活だった。

どの家庭においても生活のリズムというものが有る。

様々な経緯《いきさつ》で人間関係が変わってしまった場合《とき》、それを新たに保っていくのは並大抵なことではない。

正子さんの場合は、ご自身の家族に対してある種の引け目も、少なからずあったのだろう。その心中を推し量ると心が痛んだ。

私も日々迷う中、病気のことを忘れ、くうちゃんを強く叱ってしまい、なんとも言えぬ自責の念に、駆られることがあった。

そんな私を、いつもピュアな笑顔で、その落ち込みから救い出してくれたのもまた、くうちゃんの存在であった。

もしかして、くうちゃんが私の一番の理解者だったのかもしれない。

くうちゃんは、精いっぱいの笑顔を残して、この世から去ってしまった。


言葉にしなくても、正子さんと私は互いにそれを感じることができた。くうちゃんの優しさを痛いほど知っていたからだった。そしてともに、ただただ、涙があふれた。拭っても、拭っても、またあふれ出た。

それがなんの涙なのかは、自分でもよく分からない。これまでの痛みを理解し合える人がいた。それだけで、心が救われたのは確かだった。それが涙となったのかもしれない。

――きっとくうちゃんが、私たちを引き合わせてくれたんだ。二人とも心が癒えるよう、導いてくれたんだ……。

そう思うと、また涙が込み上げてきた。


人の一生は、紡いだ糸を絡ませて作り上げる手織り物に似ている。

幸せ、喜び、感動、感謝。

悲しみ、怒り、苦悩、後悔。

そして、許し。

それらが入り混じり、幾重にも束ねた糸を丁寧に手繰り寄せ、独自の柄が織り込まれてゆく。

その模様は、類似したものもあるだろう。しかし、作り手それぞれが想いを込め、丹念に織り成すそれは、一つとして同じ仕上がりにはならない。

イメージ通りの出来栄えに満足することもあれば、納得のいかぬ仕上がり具合に落胆することもあるだろう。

たとえそれが、自らが描いた青写真通りではなかったとしても、自分に課せられた役割を精いっぱい成し遂げていくのだ。

くうちゃんの糸はなに色だったのだろう。

その糸は別の大切な糸に寄り添い、より輝きを増した。くうちゃんは、自分なりの「布」を懸命に織り上げたのだ。

そして、自らが選択した生き方を貫き、人生を全うしたのだった。

二〇一八年（平成三十年）一月十三日。くうちゃん、二回目の命日だ。

両親からもらった唯一の形見「くうちゃん」その愛称と共にあなたは確かに存在した。その生きた証が、美しき真秀《まほら》の地に刻まれている。

それは聖なる大地に、限りなく湧き出ずる息吹となり、永遠に輝き続ける。聖地に眠る、すべての精霊とともに。

今頃きっとくうちゃんは、心ゆくまで戯れていることだろう。優しい両親の惜しみないまなざしの中で、弟の達夫ちゃん、そして妹の富子ちゃんと一緒に。

「くうちゃん、やっと願いが叶ったね。お父さん、お母さんに、いつまでも『くうちゃん』って呼んでもらってね。また会いに来るから、待っていてね……」

くうちゃんは嘆きの日々を封印し、人知れず、自身の歩む道を突き進んだ。そうやって、この世界を懸命に生き抜いてきたのだ。

くうちゃんは、生涯独身を貫いた。

この世のとてつもない時の流れの中に、くうちゃんの生きた軌跡が確実に存在する。

――それを語れるのは、私しかいない。

その高まってやまない強い思いが、私の心を執筆に向かわせた。

家族の一員として、幸せを分けてくださった根岸家の皆様。

仕事を通し、また友人としても接していただいたＨ・Ｋビルの方々。

そして、最期の時まで「くうちゃん、くうちゃん」と呼んでくれたＡホームでの皆様。

くうちゃんはたくさんの温もりと優しさの中、八十九歳の人生の幕を閉じた。

そして、新たなる世界へと旅立っていった。


あの納骨の日。私には確かに、くうちゃんの声が聴こえていた。

「由美ちゃん。私は決して寂しくなんかないからね。だから心配しないで。私の人生は、幸せだったから」

くうちゃんは、その言葉を伝えるために、幻影として姿を見せてくれたのだ。


私は自分の胸に誓った。

くうちゃんの最愛の両親から贈られた愛の形見。「くうちゃん」という愛称が彼女の一生を支えてくれたのならば、私は天国にいるくうちゃんに、これをプレゼントしよう。

私の脳裏に刻まれた記憶をたどり、さまざまな回想を交えながら綴った、この物語を。

『くうちゃん』の生きた証として。

あなたに、敬愛を込めて捧げます。

（終）

あとがき

この本を手にしてくださった皆様。

一人の人間の「生きざま」として、くうちゃんという人物像を、心のどこかにとどめてほしい。

私は、そんな切なる願いから自分自身の心の扉を開けた。原稿を涙で滲ませながら、渾身の思いでペンを走らせたのだ。

今でも私は、あの「ネコちゃんのいる店」に、「お一人様」をする。

くうちゃんが出かけられなくなって九年。そして、亡くなって三年の月日が過ぎようとしている。

以前、くうちゃんと向かい合わせに座って、ランチとコーヒーを楽しんだ二人用のテーブル。

当然のことながら、向かいの席にくうちゃんの姿はない。

「前におばあちゃまと一緒にいらしてましたね」

たまに、スタッフさんが声を掛けてくれる。

私は不思議と、くうちゃんのいない寂しさよりも、むしろ嬉しさで、心が満たされていく。

こうやって多くの人々の記憶の中でも、くうちゃんという一人の人間が、ちゃんと存在していたことを改めて確信できるからだ。

たとえ、それがほんのわずかな時の刻みであっても、この世を動かす歯車の一端として、くうちゃんは確かに足跡《そくせき》を遺《のこ》した。

これまで私は、ただただ心の赴くままに綴ってきた。

一人の名もなき人間の生きざまを、ありのままに残したかったのだ。まさに、その一念こそが、このお話の原点なのだから……。

二〇一八年十月

なかち　ゆみこ

著者プロフィール
なかち ゆみこ
1950年生まれ。千葉県出身。

東邦音楽短期大学ピアノ科卒業。

音楽教室を営む傍ら、結婚式場でエレクトーン奏者や司会を務める。

その後、群馬県に移り住み、司会者グループを立ち上げ、20年にわたり司会業に携わる。

また、自身の知識を深めるべく、バリアフリー映画の音声ガイド作成に参加。文章を生み出していくということに目覚め、エッセイを執筆するきっかけとなった。

くうちゃん

2018年12月15日　初版第1刷発行

著　者　なかち ゆみこ
発行者　瓜谷 綱延
発行所　株式会社文芸社
〒160-0022　東京都新宿区新宿1－10－1
電話　03-5369-3060（代表）
03-5369-2299（販売）

印刷所　株式会社フクイン

ISBN978-4-286-20034-7